JN212160

夜長姫と耳男

坂口安吾 + 夜汽車

初出：「新潮」1952年6月

坂口安吾

明治39年（1906年）新潟県生まれ。東洋大学文学部印度哲学倫理学科卒。アテネ・フランセにも通う。1955年死去。代表作に『堕落論』、「白痴」、「桜の森の満開の下」などがある。

夜汽車

イラストレーター。少女を描くことと19世紀末の挿絵画家を好む。懐かしいような落ちついた雰囲気のイラストを目標に制作している。著書に『おとぎ古書店の幻想装画』、『Illustration Making & Visual Book 夜汽車』がある。

オレの親方はヒダ随一の名人とうたわれたタクミであったが、夜長《よなが》の長者に招かれたのは、老病で死期の近づいた時だった。親方は身代りにオレをスイセンして、

「これはまだ二十の若者だが、小さいガキのころからオレの膝元《ひざもと》に育ち、特に仕込んだわけでもないが、オレが工夫の骨法は大過なく会得している奴です。五十年仕込んでも、ダメの奴はダメのものさ。青笠《アオガサ》や古釜《フルカマ》にくらべると巧者ではないかも知れぬが、力のこもった仕事をしますよ。宮を造ればツギ手や仕口にオレも気《き》附《づ》かぬ工夫を編みだしたこともあるし、仏像を刻めば、これが小僧の作かと訝《いぶ》かしく思われるほど深いイノチを現します。オレが病気のために余儀なく此奴《こいつ》を代理に差出すわけではなくて、青笠や古釜と技を競って劣るまいとオレが見込んで差出すものと心得て下さるように」

きいていてオレが呆《あき》れてただ目をまるくせずにいられなかったほどの過分の言葉であった。

オレはそれまで親方にほめられたことは一度もなかった。もっとも、誰をほめたこともない親方ではあったが、それにしても、この突然のホメ言葉はオレをまったく驚愕《きょうがく》させた。当のオレがそれほどだから、多くの古い弟子たちが親方はモウロクして途方もないことを口走ってしまったものだと云《い》いふらしたのは、あながち嫉《ねた》みのせいだけではなかったのである。

夜長の長者の使者アナマロも兄弟子たちの言い分に理があるようだと考えた。そこでオレをひそかに別室へよんで、

「お前の師匠はモウロクしてあんなことを云ったが、まさかお前は長者の招きに進んで応じるほど向う見ずではあるまいな」

こう云われると、オレはムラムラと腹が立った。その時まで親方の言葉を疑ったり、自分の腕に不安を感じていたのが一時に掻《か》き消えて、顔に血がこみあげた。

「オレの腕じゃア不足なほど、夜長の長者は尊い人ですかい。はばかりながら、オレの刻んだ仏像が不足だという寺は天下に一ツもない筈《はず》だ」

オレは目もくらみ耳もふさがり、叫びたてるわが姿をトキをつくる雞《にわとり》のようだと思ったほどだ。アナマロは苦笑した。

「相弟子どもと鎮守《ちんじゅ》のホコラを造るのとはワケがちがうぞ。お前が腕くらべをするのは、お前の師と並んでヒダの三名人とうたわれている青ガサとフル釜だ」

「青ガサもフル釜も、親方すらも怖《おそ》ろしいと思うものか。オレが一心不乱にやれば、オレのイノチがオレの造る寺や仏像に宿るだけだ」

アナマロはあわれんで溜息《ためいき》をもらすような面持であったが、どう思い直してか、オレを親方の代りに長者の邸《やしき》へ連れていった。

「キサマは仕合《しあわ》せ者だな。キサマの造った品物がオメガネにかなう筈はないが、日本中の男という男がまだ見ぬ恋に胸をこがしている夜長姫サマの御身《おんみ》ちかくで暮すことができるのだからさ。せいぜい仕事を長びかせて、一時《いっとき》も長く逗留《とうりゅう》の工夫をめぐらすがよい。どうせかなわぬ仕事の工夫はいらぬことだ」

道々、アナマロはこんなことを云ってオレをイラだたせた。

「どうせかなわぬオレを連れて行くことはありますまい」

「そこが虫のカゲンだな。キサマは運のいい奴だ」

オレは旅の途中でアナマロに別れて幾度か立ち帰ろうと思った。しかし、青ガサやフル釜と技を競う名誉がオレを誘惑した。彼らを怖れて逃げたと思われるのが心外であった。オレは自分に云いきかせた。

「一心不乱に、オレのイノチを打ちこんだ仕事をやりとげればそれでいいのだ。目玉がフシアナ同然の奴らのメガネにかなわなくとも、それがなんだ。オレが刻んだ仏像を道のホコラに安置して、その下に穴を掘って、土に埋もれて死ぬだけのことだ」

たしかにオレは生きて帰らぬような悲痛な覚悟を胸にかためていた。つまりは青ガサやフル釜を怖れる心のせいであろう。正直なところ、自信はなかった。

長者の邸へ着いた翌日、アナマロにみちびかれて奥の庭で、長者に会って挨拶《あいさつ》した。長者はまるまるふとり、頬《ほお》がたるんで、福の神のような恰好《かっこう》の人であった。

かたわらに夜長ヒメがいた。長者の頭にシラガが生《は》えそめたころにようやく生れた一粒種《ひとつぶだね》だから、一夜ごとに二握りの黄金を百夜《ももよ》にかけてしぼらせ、したたる露《つゆ》をあつめて産湯をつかわせたと云われていた。その露がしみたために、ヒメの身体は生れながらに光りかがやき、黄金の香りがすると云われていた。

オレは一心不乱にヒメを見つめなければならないと思った。なぜなら、親方が常にこう言いきかせていたからだ。

「珍しい人や物に出会ったときは目を放すな。オレの師匠がそう云っていた。そして、師匠はそのまた師匠にそう云われ、そのまた師匠のそのまた師匠のまたまた昔の大昔の大親の師匠の代から順くりにそう云われてきたのだぞ。大蛇《だいじゃ》に足をかまれても、目を放すな」

だからオレは夜長ヒメを見つめた。オレは小心のせいか、覚悟をきめてかからなければ人の顔を見つめることができなかった。しかし、気おくれをジッと押《おさ》えて、見つめているうちに次第に平静にかえる満足を感じたとき、オレは親方の教訓の重大な意味が分ったような気がするのだった。のしかかるように見つめ伏せてはダメだ。その人やその物とともに、ひと色の水のようにすきとおらなければならないのだ。

オレは夜長ヒメを見つめた。ヒメはまだ十三だった。身体はノビノビと高かったが、子供の香がたちこめていた。威厳はあったが、怖ろしくはなかった。オレはむしろ張りつめた力がゆるんだような気がしたが、それはオレが負けたせいかも知れない。そして、オレはヒメを見つめていた筈だが、ヒメのうしろに広々とそびえている乗鞍山《ノリクラヤマ》が後々まで強くしみて残ってしまった。

アナマロはオレを長者にひき合せて、

「これが耳男《ミミオ》でございます。若いながらも師の骨法をすべて会得し、さらに独自の工夫も編みだしたほどの師匠まさりで、青ガサやフル釜と技を競ってオクレをとるとは思われぬと師が口をきわめてほめたたえたほどのタクミであります」

意外にも殊勝なことを言った。すると長者はうなずいたが、

「なるほど、大きな耳だ」

オレの耳を一心に見つめた。そして、また云った。

「大耳は下へ垂れがちなものだが、この耳は上へ立ち、頭よりも高くのびている。兎《うさぎ》の耳のようだ。しかし、顔相は、馬だな」

オレの頭に血がさかまいた。オレは人々に耳のことを言われた時ほど逆上し、混乱することはない。いかな勇気も決心も、この混乱をふせぐことができないのだ。すべての血が上体にあがり、たちまち汗がしたたった。それはいつものことではあるが、この日の汗はたぐいのないものだった。ヒタイも、耳のまわりも、クビ筋も、一時に滝のように汗があふれて流れた。

長者はそれをフシギそうに眺めていた。すると、ヒメが叫んだ。

「本当に馬にそッくりだわ。黒い顔が赤くなって、馬の色にそッくり」

侍女たちが声をたてて笑った。オレはもう熱湯の釜そのものの
ようであった。溢《あふ》れたつ湯気も見えたし、顔もクビも胸も背も、
皮膚全体が汗の深い河であった。

けれどもオレはヒメの顔だけは見つめなければいけないし、目を放してはいけないと思った。一心不乱にそう思い、それを行うために力をつくした。しかし、その努力と、湧き立ち溢れる混乱とは分離して並行し、オレは処置に窮して立ちすくんだ。長い時間が、そして、どうすることもできない時間がすぎた。オレは突然ふりむいて走っていた。他に適当な行動や落附《おちつ》いた言葉などを発すべきだと思いつきながら、もっとも欲しない、そして思いがけない行動を起してしまったのである。

オレはオレの部屋の前まで走っていった。それから、門の外まで走って出た。それから歩いたが、また、走った。居たたまらなかったのだ。オレは川の流れに沿うて山の雑木林《ぞうきばやし》にわけ入り、滝の下で長い時間岩に腰かけていた。午《ひる》がすぎた。腹がへった。しかし、日が暮れかかるまでは長者の邸へ戻る力が起らなかった。

★

オレに五、六日おくれて青ガサが着いた。また五、六日おくれて、フル釜の代りに倅《せがれ》の小釜（チイサガマ）が到着した。それを見ると青ガサは失笑して云った。

「馬耳の師匠だけかと思ったら、フル釜もか。この青ガサに勝てぬと見たのは殊勝なことだが、身代りの二人の小者が気の毒だ」

ヒメがオレを馬に見立ててから、人々はオレをウマミミとよぶようになっていた。

オレは青ガサの高慢が憎いと思ったが、だまっていた。オレの肚《はら》はきまっていたのだ。ここを死場所と覚悟をきめて一心不乱に仕事に精をうちこむだけだ。

チイサ釜はオレの七ツ兄だった。彼の父のフル釜も病気と称して倅を代りに差し向けたが、取《とり》沙《ざ》汰《た》では仮病であったと云われていた。使者のアナマロが一番おそく彼を迎えにでかけたので腹を立てたのだそうだ。しかし、チイサ釜が父に劣らぬタクミであるということはすでに評判があったから、オレの場合のように意外な身代りではなかったのである。

チイサ釜は腕によほどの覚えがあるのか、青ガサの高慢を眉《まゆ》の毛の一筋すらも動かすことなく聞きながした。そして、青ガサにも、またオレにも、同じように鄭重《ていちょう》に挨拶した。ひどく落附いた奴だと思って薄気味がわるかったが、その後だんだん見ていると、奴はオハヨウ、コンチハ、コンバンハ、などの挨拶以外には人に話しかけないことが分った。

オレが気がついたと同じことを、青ガサも気がついた。そして彼はチイサ釜に云った。

「オメエはどういうわけで挨拶の口上だけはヌカリなく述べやがるんだ。まるでヒタイへとまったハエは手で払うものだときめたようにウルサイぞ。タクミの手はノミを使うが、一々ハエを追うために肩の骨が延《の》びてきたわけではあるまい。人の口は必要を弁じるために孔《あな》があいているのだが、朝晩の挨拶なんぞは、舌を出しても、屁《へ》をたれても間に合うものだ」

オレはこれをきいて、ズケズケと物を云う青ガサがなんとなく気に入った。

三人のタクミが揃《そろ》ったので、正式に長者の前へ召されて、このたびの仕事を申し渡された。ヒメの持仏《じぶつ》をつくるためだと聞いていたが、くわしいことはまだ知らされていなかったのだ。

長者はかたえのヒメを見やって云った。

「このヒメの今生後生《こんじょうごしょう》をまもりたもう尊いホトケの御姿を刻んでもらいたいものだ。持仏堂におさめて、ヒメが朝夕拝むものだが、ミホトケの御姿と、それをおさめるズシがほしい。ミホトケはミロクボサツ。その他は銘々の工夫にまかせるが、ヒメの十六の正月までに仕上げてもらいたい」

三名のタクミがその仕事を正式に受けて挨拶を終ると、酒肴《しゅこう》が運ばれた。長者とヒメは正面に一段高く、左手には三名のタクミの膳《ぜん》が、右手にも三ツの膳が並べられた。そこにはまだ人の姿が見えなかったが、たぶんアナマロと、その他の二名の重立《おもだ》つ者の座であろうとオレは考えていた。ところが、アナマロがみちびいてきたのは二人の女であった。

長者は二人の女をオレたちにひき合せて、こう云った。

「向うの高い山をこえ、その向うのミズウミをこえ、そのまた向うのひろい野をこえると、石と岩だけでできた高い山がある。その山を泣いてこえると、またひろい野があって、そのまた向うに霧の深い山がある。またその山を泣いてこえると、ひろいひろい森があって森の中を大きな川が流れている。その森を三日がかりで泣きながら通りぬけると、何千という、泉が湧き出している里があるのだよ。その里には一ツの木蔭《こかげ》の一ツの泉ごとに一人の娘がハタを織っているそうな。その里の一番大きな木の下の一番キレイな泉のそばでハタを織っていたのが一番美しい娘で、ここにいる若い方の人がその娘だよ。この娘がハタを織るようになるまでは娘のお母さんが織っていたが、それがこッちの年をとった女の人だよ。その里から虹《にじ》の橋を渡ってはるばるとヒメの着物を織るためにヒダの奥まで来てくれたのだ。お母さんを月待（ツキマチ）と云い、娘を江奈古（エナコ）と云う。ヒメの気に入ったミホトケを造った者には、美しいエナコをホービに進ぜよう」

長者が金にあかして買い入れたハタを織る美しい奴隷なのだ。オレの生れたヒダの国へも他国から奴隷を買いにくる者があるが、それは男の奴隷で、そしてオレのようなタクミが奴隷に買われて行くのさ。しかし、やむにやまれぬ必要のために遠い国から買いにくるのだから、奴隷は大切に扱われ、第一等のお客様と同じようにもてなしを受けるそうだが、それも仕事が出来あがるまでの話さ。仕事が終って無用になれば金で買った奴隷だから、人にくれてやることも、ウワバミにくれてやることも主人の勝手だ。だから遠国へ買われて行くことを好むタクミはいないが、女の身なら尚《なお》さらのことであろう。

可哀《かわい》そうな女たちよ、とオレは思った。けれども、ヒメの気に入った仏像を造った者にエナコをホービにやるという長者の言葉はオレをビックリさせた。

オレはヒメの気に入るような仏像を造る気持がなかったのだ。馬の顔にそックりだと云われて山の奥へ夢中で駈《か》けこんでしまったとき、オレは日暮れちかくまで滝壺《たきつぼ》のそばにいたあげく、オレはヒメの気に入らない仏像を造るために、いや、仏像ではなくて怖ろしい馬の顔の化け物を造るために精魂を傾けてやると覚悟をかためていたのだから。

だから、ヒメの気に入った仏像を造った者にエナコをホービにやるという長者の言葉はオレに大きな驚愕を与えた。また、激しい怒りも覚えた。また、この女はオレがもらう女ではないと気がついたために、ムラムラと嘲《あざけ》りも湧いた。

その雑念を抑えるために、タクミの心になりきろうとオレは思った。親方が教えてくれたタクミの心構えの用いどころはこの時だと思った。

そこでオレはエナコを見つめた。大蛇が足にかみついてもこの目を放しはしないぞと我とわが胸に云いきかせながら。

「この女が、山をこえ、ミズウミをこえ、野をこえ、また山を越えて、野をこえて、また山をこえて、大きな森をこえて、泉の湧く里から来たハタを織る女だと？　それは珍しい動物だ」

オレの目はエナコの顔から放れなかったが、一心不乱ではなかった。なぜなら、オレは驚愕と怒りを抑えた代りに、嘲りが宿ってしまったのを、いかんともすることができなかったから。

その嘲りをエナコに向けるのは不当であると気がついていたが、オレの目をエナコに向けてそこから放すことができなければ、目に宿る嘲りもエナコの顔に向けるほかにどう仕様もない。

エナコはオレの視線に気がついた。次第にエナコの顔色が変った。オレはシマッタと思ったが、エナコの目に憎しみの火がもえたつのを見て、オレもにわかに憎しみにもえた。オレとエナコは全てを忘れ、ただ憎しみをこめて睨《にら》み合った。

エナコのきびしい目が軽くそれた。エナコは企《たくら》みの深い笑いをうかべて云った。

「私の生国は人の数より馬の数が多いと云われておりますが、馬は人を乗せて走るために、また、畑を耕すために使われています。こちらのお国では馬が着物をきて手にノミを握り、お寺や仏像を造るのに使われていますね」

オレは即座に云い返した。

「オレの国では女が野良《のら》を耕すが、お前の国では馬が野良を耕すから、馬の代りに女がハタを織るようだ。オレの国の馬は手にノミを握って大工はするが、ハタは織らねえな。せいぜい、ハタを織ってもらおう。遠路のところ、はなはだ御苦労」

エナコの目がはじかれたように開いた。そして、静かに立ち上った。長者に軽く目礼し、ズカズカとオレの前へ進んだ。立ち止って、オレを見おろした。むろんオレの目もエナコの顔から放れなかった。

エナコは膳部の横を半周してオレの背後へまわった。そして、そッとオレの耳をつまんだ。

「そんなことか!……」

と、オレは思った。所詮《しょせん》、先に目を放したお前の負けだと考えた。その瞬間であった。オレは耳に焼かれたような一撃をうけた。前へのめり、膳部の中に手を突ッこんでしまったことに気がついたのと、人々のざわめきを耳の底に聞きとめたのと同時であった。

オレはふりむいてエナコを見た。エナコの右手は懐剣のサヤを払って握っていたが、その手は静かに下方に垂れ、ミジンも殺意が見られなかった。エナコがなんとなく用ありげに、不器用に宙に浮かして垂れているのは、左手の方だ。その指につまれている物が何物であるかということにオレは突然気がついた。

オレはクビをまわしてオレの左の肩を見た。なんとなくそこが変だと思っていたが、肩一面に血でぬれていた。ウスベリの上にも血がしたたっていた。オレは何か忘れていた昔のことを思いだすように、耳の痛みに気がついた。

「これが馬の耳の一ツですよ。他の一ツはあなたの斧《おの》でそぎ落して、せいぜい人の耳に似せなさい」

エナコはそぎ落したオレの片耳の上部をオレの酒杯《しゅはい》の中へ落して立去った。

★

それから六日すぎた。

オレたちは邸内の一部に銘々の小屋をたて、そこに籠《こも》って仕事をすることになっていたから、オレも山の木を伐《き》りだしてきて、小屋がけにかかっていた。

オレは蔵の裏の人の立ち入らぬ場所を選んで小屋をつくることにした。そこは一面に雑草が生《は》え繁《しげ》り、蛇やクモの棲《す》み家《か》であるから、人々は怖れて近づかぬ場所であった。

「なるほど。馬小屋をたてるとすれば、まずこの場所だが、ちと陽当《ひあた》りがわるくはないか」

アナマロがブラリと姿を現して、からかった。

「馬はカンが強いから、人の姿が近づくと仕事に身が入りません。小屋がけが終って仕事にかかって後《のち》は、一切仕事場に立ち入らぬように願います」

オレは高窓を二重造りに仕掛け、戸口にも特別の仕掛けを施して、仕事場をのぞくことができないように工夫しなければならないのだ。オレの仕事はできあがるまで秘密にしなければならなかった。

「ときに馬耳よ。長者とヒメがお召しであるから、斧を持って、おれについてくるがよい」

アナマロがこう云った。

「斧だけでいいんですか」

「ウン」

「庭木でも伐ろと仰有《おっしゃ》るのかね。斧を使うのもタクミの仕事のうちではあるが、木地屋とタクミは違うものだ。木を叩《たた》ッ切るだけなら、他に適役があらア。つまらねえことでオレの気を散らさねえように願いますよ」

ブツブツ云いながら、手に斧をとってくると、アナマロは妙な目附で上下にオレを見定めたあとで、

「まア、坐れ」

彼はこう云って、まず自分から材木の切れッ端に腰をおろした。オレも差向いに腰をおろした。

「馬耳よ。よく聞け。お主《ヌシ》が青ガサやチイサ釜とあくまで腕くらべをしたい気持は殊勝であるが、こんなウチで仕事をしたいとは思うまい」

「どういうわけで！」

「フム。よく考えてみよ。お主、耳をそがれて、痛かったろう」

「耳の孔にくらべると、耳の笠はよけい物と見えて、血どめに毒ダミの葉のきざんだ奴を松ヤニにまぜて塗りたくッておいたら、事もなく痛みもとれたし、結構、耳の役にも立つようですよ」

「この先、ここに居たところで、お主のためにロクなことは有りやしないぞ。片耳ぐらいで済めばよいが、命にかかわることが起るかも知れぬ。悪いことは云わぬ。このまま、ここから逃げて帰れ。ここに一袋の黄金がある。お主が三ヵ年働いて立派なミロク像を仕上げたところで、かほど莫大《ばくだい》な黄金をいただくわけには参るまい。あとはオレが良いように申上げておくから、今のうちに早く帰れ」

アナマロの顔は意外に真剣だった。それほどオレが追いだしたいのか。三ヵ年の手当にまさる黄金を与えてまで追いだしたいほど、オレが不要なタクミなのか。こう思うと、怒りがこみあげた。オレは叫んだ。

「そうですかい。あなた方のお考えじゃア、オレの手はノミやカンナをとるタクミの手じゃアなくて、斧で木を叩ッきるキコリの腕だとお見立てですかい。よかろう。オレは今日かぎりここのウチに雇われたタクミじゃアありません。だが、この小屋で仕事だけはさせていただきましょう。食うぐらいは自分でやれるから、一切お世話にはなりませんし、一文《いちもん》もいただく必要はありません。オレが勝手に三ヵ年仕事をする分には差支えありますまい」

「待て。待て。お主はカン違いしているようだ。誰もお主が未熟だから追出そうとは言っておらぬぞ」

「斧だけ持って出て行けと云われるからにゃア、ほかに考え様がありますまい」

「さ。そのことだ」

アナマロはオレの両肩に手をかけて、変にシミジミとオレを見つめた。そして云った。

「オレの言い方がまずかった。斧だけ持って一しょに参れと申したのはご主人様の言いつけだ。しかし、斧をもって一しょに参らずに、ただ今すぐにここから逃げよと申すのは、オレだけの言葉だ。イヤ、オレだけではなく、長者も実は内々それを望んでおられる。じゃによって、この一袋の黄金をオレに手渡して、お主を逃がせ、とささされているのだ。それと申すのが、もしもお主がオレと一しょに斧をもって長者の前へまかりでると、お主のために良からぬことが起るからだ。長者はお主の身のためを考えておられる」

思わせぶりな言葉が、いっそうオレをいらだたせた。

「オレの身のためを思うなら、そのワケをザックバランに言ってもらおうじゃありませんか」

「それを言ってやりたいが、言ったが最後タダではすまぬ言葉というものもあるものだ。だが、先程から申す通り、お主の一命にかかわることが起るかも知れぬ」

オレは即座に肚をきめた。斧をぶらさげて立上った。

「お供しましょう」

「これさ」

「ハッハッハ。ふざけちゃアいけませんや。はばかりながら、ヒダのタクミはガキの時から仕事に命を打込むものと叩きこまれているのだ。仕事のほかには命をすてる心当りもないが、腕くらべを怖れて逃げだしたと云われるよりは、そッちの方を選ぼうじゃありませんか」

「長生きすれば、天下のタクミと世にうたわれる名人になる見込みのある奴だが、まだ若いな。一時の恥は、長生きすればそそがれるぞ」

「よけいなことは、もう、よしてくれ。オレはここへ来たときから、生きて帰ることは忘れていたのさ」

アナマロはあきらめた。すると、にわかに冷淡だった。

「オレにつづいて参れ」

彼は先に立ってズンズン歩いた。

奥の庭へみちびかれた。縁先の土の上にムシロがしかれていた。それがオレの席であった。

オレと向い合せにエナコが控えていた。後手《うしろで》にいましめられて、じかに土の上に坐っていた。

オレの跫音《あしおと》をききつけて、エナコは首をあげた。そして、いましめを解けば跳《と》びかかる犬のようにオレを睨んで目を放さなかった。小癪《こしゃく》な奴め、とオレは思った。

「耳を斬《き》り落されたオレが女を憎むならワケは分るが、女がオレを憎むとはワケが分らないな」

こう考えてオレはふと気がついたが、耳の痛みがとれてからは、この女を思いだしたこともなかった。

「考えてみるとフシギだな。オレのようなカンシャク持ちが、オレの耳を斬り落した女を呪《のろ》わないとは奇妙なことだ。オレは誰かに耳を斬り落されたことは考えても、斬り落したのがこの女だと考えたことはめッたにない。あべこべに、女の奴めがオレを仇《かたき》のように憎みきっているというのが腑《ふ》に落ちないぞ」

　オレの呪いの一念はあげて魔神を刻むことにこめられているから、小癪な女一匹を考えるヒマがなかったのだろう。オレは十五の歳に仲間の一人に屋根から突き落されて手と足の骨を折ったことがある。この仲間はササイなことでオレに恨みを持っていたのだ。オレは骨を折ったので三ヵ月ほど大工の仕事はできなかったが、親方はオレがたった一日といえども仕事を休むことを許さなかった。オレは片手と片足で、欄間《らんま》のホリモノをきざまなければならなかった。骨折の怪我《けが》というものは、夜も眠ることができないほど痛むものだ。オレは泣き泣きノミをふるッていたが、泣き泣き眠ることができない長夜の苦しみよりも、泣き泣き仕事する日中の凌《しの》ぎよいことが分ってきた。折からの満月を幸いに、夜中に起きてノミをふるい、痛さに堪《た》えかねて悶《もだ》え泣いたこともあったし、手をすべらせてモモにノミを突きたててしまったこともあったが、苦しみに超えたものは仕事だけだということを、あの時ほどマザマザと思い知らされたことはない。片手片足でほった欄間だが、両手両足が使えるようになってから眺め直して、特に手を入れる必要もなかった。

その時のことが身にしみているから、片耳を斬り落された痛みぐらいは、仕事の励みになっただけだ。今に思い知らせてやるぞと考えた。そして、いやが上にも怖ろしい魔神の姿を思いめぐらしてゾクゾクしたが、思い知らせてやるのがこの女だとは考えたことがなかったようだ。

「オレが女を呪わないのは、ワケが分るフシもあるような気がするが、女がオレを仇のように憎むのはワケが分らない。ひょッとすると、長者があんなことを云ったから、オレが女をほしがっていると思って呪っているのかも知れないな」

こう考えると、ワケが分ってきたように思われた。そこでムラムラと怒りがこみあげた。バカな女め。キサマ欲しさに仕事をするオレと思うか。連れて帰れと云われても、肩に落ちた毛虫のように手で払って捨てて行くだけのことだ。こう考えたから、オレの心は落附いた。

「耳男をつれて参りました」

アナマロが室内に向って大声で叫んだ。するとスダレの向うに気配があって、着席した長者が云った。

「アナマロはあるか」

「これにおります」

「耳男に沙汰を申し伝えよ」

「かしこまりました」

アナマロはオレを睨みつけて、次のように申し渡した。

「当家の女奴隷が耳男の片耳をそぎ落したときこえては、ヒダのタクミ一同にも、ヒダの国人一同にも申訳が立たない。よってエナコを死罪に処するが、耳男が仇をうけた当人だから、耳男の斧で首を打たせる。耳男、うて」

オレはこれをきいて、エナコがオレを仇のように睨むのは道理と思った。この疑いがはれてしまえば、あとは気にかかるものもない。オレは云ってやった。

「御親切は痛みいるが、それには及びますまい」

「うてぬか」

オレはスックと立ってみせた。斧をとってズカズカと進み、エナコの直前で一睨み、凄《すご》みをきかせて睨みつけてやった。

エナコの後へまわると、斧を当てて縄をブツブツ切った。そして、元の座へさッさと戻ってきた。オレはわざと何も言わなかった。

アナマロが笑って云った。

「エナコの死に首よりも生き首がほしいか」

これをきくとオレの顔に血がのぼった。

「たわけたことを。虫ケラ同然のハタ織女《おりめ》にヒダの耳男はてんでハナもひッかけやしねえや。東国の森に棲む虫ケラに耳をかまれただけだと思えば腹も立たない道理じゃないか。虫ケラの死に首も生き首も欲しかアねえや」

こう喚《わめ》いてやったが、顔がまッかに染まり汗が一時に溢れでたのは、オレの心を裏切るものであった。

顔が赤く染まって汗が溢れでたのは、この女の生き首が欲しい下心のせいではなかった。オレを憎むワケがあるとは思われぬのに女がオレを仇のように睨んでいるから、さてはオレが女をわが物にしたい下心でもあると見て呪っているのだなと考えた。そして、バカな奴め。キサマを連れて帰れと云われても、肩に落ちた毛虫のように払い落して帰るだけだと考えていた。

有りもせぬ下心を疑《うたぐ》られては迷惑だとかねて甚だ気にかけていたことを、思いもよらずアナマロの口からきいたから、オレは虚をつかれて、うろたえてしまったのだ。一度うろたえてしまうと、それを恥じたり気に病んだりして、オレの顔は益《ます》々《ます》熱く燃え、汗は滝の如《ごと》くに湧き流れるのはいつものの例であった。

「こまったことだ。残念なことだ。こんなに汗をビッショリかいて慌ててしまえば、まるでオレの下心がたしかにそうだと白状しているように思われてしまうばかりだ」

こう考えて、オレは益々うろたえた。額《ひたい》から汗の玉がポタポタとしたたり落ちて、いつやむ気《け》色《しき》もなくなってしまった。オレは観念して目を閉じた。オレにとってこの赤面と汗はマトモに抵抗しがたい大敵であった。観念の眼をとじてつとめて無心にふける以外に汗の雨ダレを食いとめる手段がなかった。

そのとき、ヒメの声がきこえた。

「スダレをあげて」

そう命じた。たぶん侍女もいるのだろうが、オレは目を開けて確かめるのを控えた。一時も早く汗の雨ダレを食いとめるには、見たいものも見てはならぬ。オレはもう一度ジックリとヒメの顔が見たかったのだ。

「耳男よ。目をあけて。そして、私の問いに答えて」

と、ヒメが命じた。オレはシブシブ目をあけた。スダレはまかれて、ヒメは縁に立っていた。

「お前、エナコに耳を斬り落されても、虫ケラにかまれたようだッて？　ほんとうにそう？」

無邪気な明るい笑顔だとオレは思った。オレは大きくうなずいて、

「ほんとうにそうです」と答えた。

「あとでウソだと仰有ッてはダメよ」

「そんなことは言いやしません。虫ケラだと思っているから、死に首も、生き首もマッピラでさア」

ヒメはニッコリうなずいた。ヒメはエナコに向って云った。

「エナコよ。耳男の片耳もかんでおやり。虫ケラにかまれても腹が立たないそうですから、存分にかんであげるといいわ。虫ケラの歯を貸してあげます。なくなったお母様の形見の品の一ツだけど、耳男の耳をかんだあとではお前にあげます」

ヒメは懐剣をとって侍女に渡した。侍女はそれをささげてエナコの前に差出した。

オレはエナコがよもやそれを受けとるとは考えていなかった。斧でクビを斬る代りにイマシメの縄をきりはらってやったオレの耳を斬る刀だ。

しかし、エナコは受けとった。なるほど、ヒメの与えた刀なら受けとらぬワケにはゆくまいが、よもやそのサヤは払うまいとまたオレは考えた。

可憐《かれん》なヒメは無邪気にイタズラをたのしんでいる。その明るい笑顔を見るがよい。虫も殺さぬ笑顔とは、このことだ。イタズラをたのしむ亢奮《こうふん》もなければ、何かを企む翳《かげ》りもない。童女そのものの笑顔であった。

オレはこう思った。問題は、エナコが巧みな言葉で手に受けた懐剣をヒメに返すことができるかどうか、ということだ。まんまと懐剣をせしめることができるほど巧みな言葉を思いつけば、尚のこと面白い。それに応じて、オレがうまいこと警句の一ツも合せることができれば、この上もなしであろう。ヒメは満足してスダレをおろすに相違ない。

オレがこう考えたのは、あとで思えばフシギなことだ。なぜなら、ヒメはエナコに懐剣を与えて、オレの耳を斬れと命じているのだし、オレが片耳を失ったのもその大本はと云えばヒメからではないか。そして、オレが怖ろしい魔神の像をきざんでやるぞと心をきめたのもヒメのため。その像を見ておどろく人もまずヒメでなければならぬ筈だ。そのヒメがエナコに懐剣を与えてオレの耳を斬り落させと命じているのに、オレがそれを幸福な遊びのひとときだとふと考えていたのは、思えばフシギなことであった。ヒメの冴《さ》え冴《ざ》えとした笑顔、澄んだツブラな目のせいであろうか。オレは夢を見たようにフシギでならぬ。

オレはエナコが刀のサヤを払うまいと思ったから、その思いを目にこめてウットリとヒメの笑顔に見とれた。思えばこれが何よりの不覚、心の隙であったろう。

オレがすさまじい気《き》魄《はく》に気がついて目を転じたとき、すでにエナコはズカズカとオレの目の前に進んでいた。

シマッタ！　とオレは思った。エナコはオレの鼻先で懐剣のサヤを払い、オレの耳の尖《さき》をつまんだ。

オレは他の全てを忘れて、ヒメを見た。ヒメの言葉がある筈だ。エナコに与えるヒメの言葉が。あの冴え冴えと澄んだ童女の笑顔から当然ほとばしる鶴《つる》の一声が。

オレは茫然《ぼうぜん》とヒメの顔を見つめた。冴えた無邪気な笑顔を。ツブラな澄みきった目を。そしてオレは放心した。このようにしているうちに順を追うてオレの耳が斬り落されるのをオレはみんな知っていたが、オレの目はヒメの顔を見つめたままどうすることもできなかったし、オレの心は目にこもる放心が全部であった。

オレは耳をそぎ落されたのちも、ヒメをボンヤリ仰ぎ見ていた。オレの耳がそがれたとき、オレはヒメのツブラな目が生き生きとまるく大きく冴えるのを見た。ヒメの頬にやや赤みがさした。軽い満足があらわれて、すぐさま消えた。すると笑いも消えていた。ひどく真剣な顔だった。考え深そうな顔でもあった。なんだ、これで全部か、とヒメは怒っているように見えた。すると、ふりむいて、ヒメは物も云わず立ち去ってしまった。

ヒメが立ち去ろうとするとき、オレの目に一粒ずつの大粒の涙がたまっているのに気がついた。

★

それからの足かけ三年というものは、オレの戦いの歴史であった。

オレは小屋にとじこもってノミをふるッていただけだが、オレがノミをふるう力は、オレの目に残るヒメの笑顔に押されつづけていた。オレはそれを押し返すために必死に戦わなければならなかった。

オレがヒメに自然に見とれてしまったことは、オレがどのようにあがいても所詮勝味《かちみ》がないように思われたが、オレは是が非でも押し返して、怖ろしいモノノケの像をつくらなければとあせった。

オレはひるむ心が起ったとき水を浴びることを思いついた。十パイ二十パイと気が遠くなるほど水を浴びた。また、ゴマをたくことから思いついて、オレは松ヤニをいぶした。また足のウラの土フマズに火を当てて焼いた。それらはすべてオレの心をふるい起して、襲いかかるように仕事にはげむためであった。

オレの小屋のまわりはジメジメした草むらで無数の蛇の棲み家だから、小屋の中にも蛇は遠慮なくもぐりこんできたが、オレはそれをひッさいて生き血をのんだ。そして蛇の死体を天井から吊るした。蛇の怨霊《おんりょう》がオレにのりうつり、また仕事にものりうつれとオレは念じた。

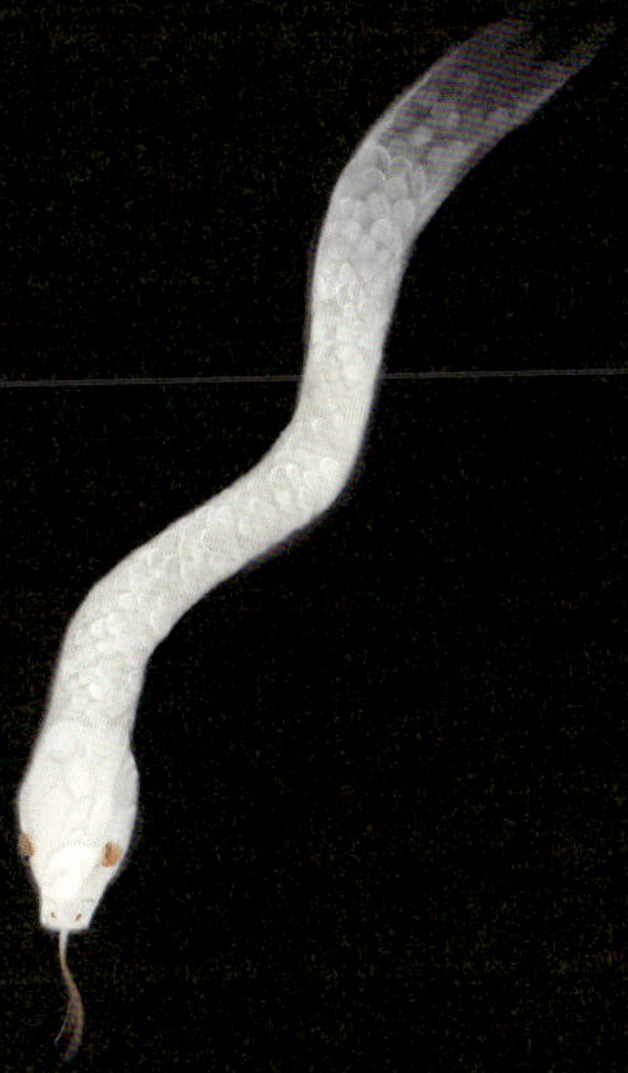

オレは心のひるむたびに草むらにでて蛇をとり、ひッさいて生き血をしぼり、一息に呷《あお》って、のこるのを造りかけのモノノケの像にしたたらせた。

日に七四、また十四ととったから、一夏を終らぬうちに、小屋のまわりの草むらの蛇は絶えてしまった。オレは山に入って日に一袋の蛇をとった。

小屋の天井は吊るした蛇の死体で一パイになった。ウジがたかり、ムンムンと臭気がたちこめ、風にゆれ、冬がくるとカサカサと風に鳴った。

吊るした蛇がいっせいに襲いかかってくるような幻を見ると、オレはかえって力がわいた。蛇の怨霊がオレにこもって、オレが蛇の化身となって生れ変った気がしたからだ。そして、こうしなければ、オレは仕事をつづけることができなかったのだ。

オレはヒメの笑顔を押し返すほど力のこもったモノノケの姿を造りだす自信がなかったのだ。オレの力だけでは足りないことをさとっていた。それと戦う苦しさに、いっそ気が違ってしまえばよいと思ったほどだ。オレの心がヒメにとりつく怨霊になればよいと念じもした。しかし、仕事の急所に刻みかかると、必ず一度はヒメの笑顔に押されているオレのヒルミに気がついた。

三年目の春がきたとき、七分通りできあがって仕上げの急所にかかっていたから、オレは蛇の生き血に飢えていた。オレは山にわけこんで兎や狸《たぬき》や鹿《しか》をとり、胸をさいて生き血をしぼり、ハラワタをまきちらした。クビを斬り落して、その血を像にしたたらせた。

「血を吸え。そして、ヒメの十六の正月にイノチが宿って生きものになれ。人を殺して生き血を吸う鬼となれ」

それは耳の長い何ものかの顔であるが、モノノケだか、魔神だか、死神だか、鬼だか、怨霊だか、オレにも得体が知れなかった。オレはただヒメの笑顔を押し返すだけの力のこもった怖ろしい物でありさえすれば満足だった。

秋の中ごろにチイサ釜が仕事を終えた。また秋の終りには青ガサも仕事を終えた。オレは冬になって、ようやく像を造り終えた。しかし、それをおさめるズシにはまだ手をつけていなかった。

ズシの形や模様はヒメの調度にふさわしい可愛《かわい》いものに限ると思った。扉をひらくと現れる像の凄味をひきたてるには、あくまで可憐な様式にかぎる。

オレはのこされた短い日数のあいだ寝食も忘れがちにズシにかかった。そしてギリギリの大晦日《おおみそか》の夜までかかって、ともかく仕上げることができた。手のこんだ細工はできなかったが、扉には軽く花鳥をあしらった。豪奢《ごうしゃ》でも華美でもないが、素朴なところにむしろ気品が宿ったように思った。

深夜に人手をかりて運びだして、チイサ釜と青ガサの作品の横へオレの物を並べた。オレはとにかく満足だった。オレは小屋へ戻ると、毛皮をひッかぶって、地底へひきずりこまれるように眠りこけた。

★

オレは戸を叩く音に目をさました。夜が明けている。陽はかなり高いようだ。そうか。今日がヒメの十六の正月か、とオレはふと思いついた。戸を叩く音は執拗《しつよう》につづいた。オレは食物を運んできた女中だと思ったから、

「うるさいな。いつものように、だまって外へ置いて行け。オレには新年も元日もありやしねえ。ここだけは娑婆《しゃば》がちがうということをオレが口をすッぱくして言って聞かせてあるのが、三年たってもまだ分らないのか」

「目がさめたら、戸をおあけ」

「きいた風なことを言うな。オレが戸を開けるのは目がさめた時じゃアねえや」

「では、いつ、あける?」

「外に人が居ない時だ」

「それは、ほんとね?」

オレはそれをきいたとき、忘れることのできない特徴のあるヒメの抑揚をききつけて、声の主はヒメその人だと直覚した。にわ

かにオレの全身が恐怖のために凍ったように思った。どうしてよいのか分らなくて、オレはウロウロとむなしく時間を費《ついや》した。

「私が居るうちに出ておいで。出てこなければ、出てくるようにしてあげますよ」

静かな声がこう云った。ヒメが侍女に命じて戸の外に何か積ませていたのをオレはさとっていたが、火打石をうつ音に、それは枯れ柴だと直感した。オレははじかれたように戸口へ走り、カンヌキを外して戸をあけた。

戸があいたのでそこから風が吹きこむように、ヒメはニコニコと小屋の中へはいってきた。オレの前を通りこして、先に立って中へはいった。

三年のうちにヒメのカラダは見ちがえるようにオトナになっていた。顔もオトナになっていたが、無邪気な明るい笑顔だけは、三年前と同じように澄みきった童女のものであった。

侍女たちは小屋の中をみてたじろいだ。ヒメだけはたじろいだ気色がなかった。ヒメは珍しそうに室内を見まわし、また天井を見まわした。蛇は無数の骨となってぶらさがっていたが、下にも無数の骨が落ちてくずれていた。

「みんな蛇ね」

ヒメの笑顔に生き生きと感動がかがやいた。ヒメは頭上に手をさしのばして垂れ下っている蛇の白骨の一ツを手にとろうとした。その白骨はヒメの肩に落ちくずれた。それを軽く手で払ったが、落ちた物には目もくれなかった。一ツ一ツが珍しくて、一ツの物に長くこだわっていられない様子に見えた。

「こんなことを思いついたのは、誰なの？　ヒダのタクミの仕事場がみんなこうなの？　それとも、お前の仕事場だけのこと？」

「たぶん、オレの小屋だけのことでしょう」

ヒメはうなずきもしなかったが、やがて満足のために笑顔は冴えかがやいた。三年昔、オレが見納めにしたヒメの顔は、にわかに真剣にひきしまって退屈しきった顔であったが、オレの小屋では笑顔の絶えることがなかった。

「火をつけなくてよかったね。燃してしまうと、これを見ることができなかったわ」

ヒメは全てを見終ると満足して呟《つぶや》いたが、

「でも、もう、燃してしまうがよい」

侍女に枯れ柴をつませて火をかけさせた。小屋が煙につつまれ、一時にどッと燃えあがるのを見とどけると、ヒメはオレに云った。

「珍しいミロクの像をありがとう。他の二ツにくらべて、百層倍も、千層倍も、気に入りました。ゴホービをあげたいから、着物をきかえておいで」

明るい無邪気な笑顔であった。オレの目にそれをのこしてヒメは去った。オレは侍女にみちびかれて入浴し、ヒメが与えた着物にきかえた。そして、奥《おく》の間《ま》へみちびかれた。

オレは恐怖のために、入浴中からウワの空であった。いよいよヒメに殺されるのだとオレは思った。

オレはヒメの無邪気な笑顔がどのようなものであるかを思い知ることができた。エナコがオレの耳を斬り落すのを眺めていたのもこの笑顔だし、オレの小屋の天井からぶらさがった無数の蛇を眺めていたのもこの笑顔だ。オレの耳を斬り落せとエナコに命じたのもこの笑顔であるが、エナコのクビをオレの斧で斬り落せと沙汰のでたのも、実はこの笑顔がそれを見たいと思ったからに相違ない。

あのとき、アナマロが早くここを逃げよとオレにすすめて、長者も内々オレがここから逃げることを望んでおられると言ったが、まさしく思い当る言葉である。この笑顔に対しては、長者も施す術《すべ》がないのであろう。ムリもないとオレは思った。

人の祝う元日に、ためらう色もなくわが家の一隅に火をかけたこの笑顔は、地獄の火も怖れなければ、血の池も怖れることがなかろう。ましてオレが造ったバケモノなぞは、この笑顔が七ツ八ツのころのママゴト道具のたぐいであろう。

「珍しいミロクの像をありがとう。他のものの百層倍、千層倍も、気に入りました」

というヒメの言葉を思いだすと、オレはその怖ろしさにゾッとすくんだ。

オレの造ったあのバケモノになんの凄味があるものか。人の心をシンから凍らせるまことの力は一ツもこもっていないのだ。

本当に怖ろしいのは、この笑顔だ。この笑顔こそは生きた魔神も怨霊も及びがたい真に怖ろしい唯一の物であろう。

オレは今に至ってようやくこの笑顔の何たるかをさとったが、三年間の仕事の間、怖ろしい物を造ろうとしていつもヒメの笑顔に押されていたオレは、分らぬながらも心の一部にそれを感じていたのかも知れない。真に怖ろしいものを造るためなら、この笑顔に押されるのは当り前の話であろう。真に怖ろしいものは、この笑顔にまさるものはないのだから。

今生の思い出に、この笑顔を刻み残して殺されたいとオレは考えた。オレにとっては、ヒメがオレを殺すことはもはや疑う余地がなかった。それも、今日、風呂《ふろ》からあがって奥の間へみちびかれて匆々《そうそう》にヒメはオレを殺すであろう。蛇のようにオレを裂いて逆さに吊すかも知れないと思った。そう思うと恐怖に息の根がとまりかけて、オレは思わず必死に合掌《がっしょう》の一念であったが、真に泣き悶えて合掌したところで、あの笑顔が何を受けつけてくれるものでもあるまい。

この運命をきりぬけるには、ともかくこの一ツの方法があるだけだとオレは考えた。それはオレのタクミとしての必死の願望にもかなっていた。とにかくヒメに頼んでみようとオレは思った。そして、こう心がきまると、オレはようやく風呂からあがることができた。

オレは奥の間へみちびかれた。長者がヒメをしたがえて現れた。オレは挨拶もどかしく、ヒタイを下にすりつけて、必死に叫んだ。オレは顔をあげる力がなかったのだ。

「今生のお願いでございます。お姫サマのお顔お姿を刻ませて下さいませ。それを刻み残せば、あとはいつ死のうとも悔いはございません」

意外にもアッサリと長者の返答があった。

「ヒメがそれに同意なら、願ってもないことだ。ヒメよ。異存はないか」

それに答えたヒメの言葉もアッサリと、これまた意外千万であった。

「私が耳男にそれを頼むつもりでしたの。耳男が望むなら申分ございません」

「それは、よかった」

長者は大そう喜んで思わず大声で叫んだが、オレに向って、やさしく云った。

「耳男よ。顔をあげよ。三年の間、御苦労だった。お前のミロクは皮肉の作だが、彫《ほ》りの気魄、凡手《ぼんしゅ》の作ではない。ことのほかヒメが気に入ったようだから、それだけでオレは満足のほかにつけ加える言葉はない。よく、やってくれた」

長者とヒメはオレに数々のヒキデモノをくれた。そのとき、長者がつけ加えて、言った。

「ヒメの気に入った像を造った者にはエナコを与えると約束したが、エナコは死んでしまったから、この約束だけは果してやれなくなったのが残念だ」

するとそれをひきとって、ヒメが言った。

「エナコは耳男の耳を斬り落した懐剣でノドをついて死んでいたのよ。血にそまったエナコの着物は耳男がいま下着にして身につけているのがそれよ。身代りに着せてあげるために、男物に仕立て直しておいたのです」

オレはもうこれしきのことでは驚かなくなっていたが、長者の顔が蒼ざめた。ヒメはニコニコとオレを見つめていた。

★

そのころ、この山奥にまでホーソーがはやり、あの村にも、この里にも、死ぬ者がキリもなかった。疫病はついにこの村にも押し寄せたから、家ごとに疫病除《よ》けの護符をはり、白昼もかたく戸を閉《とざ》して、一家ヒタイを集めて日夜神仏に祈っていたが、悪魔はどの隙間から忍びこんでくるものやら、日ましに死ぬ者が多くなる一方だった。

長者の家でも広い邸内の雨戸をおろして家族は日中も息を殺していたが、ヒメの部屋だけは、ヒメが雨戸を閉めさせなかった。

「耳男の造ったバケモノの像は、耳男が無数の蛇を裂き殺して逆吊りにして、生き血をあびながら呪いをこめて刻んだバケモノだから、疫病よけのマジナイぐらいにはなるらしいわ。ほかに取得もなさそうなバケモノだから、門の外へ飾ってごらん」

ヒメは人に命じて、ズシごと門前へすえさせた。長者の邸には高楼《こうろう》があった。ヒメは時々高楼にのぼって村を眺めたが、村はずれの森の中に死者をすてに行くために運ぶ者の姿を見ると、ヒメは一日は充《み》ち足りた様子であった。

オレは青ガサが残した小屋で、今度こそヒメの持仏のミロクの像に精魂かたむけていた。ホトケの顔にヒメの笑顔をうつすのがオレの考えであった。

この邸内で人間らしくうごいているのは、ヒメとオレの二人だけであった。

ミロクにヒメの笑顔をうつして持仏を刻んでいるときいてヒメは一応満足の風ではあったが、実はオレの仕事を気にかけている様子はなかった。ヒメはオレの仕事のはかどりを見に来たことはついぞなかった。小屋に姿を現すのは、死者を森へすてに行く人群れを見かけたときにきまっていた。特にオレを選んでそれをきかせに来るのではなく、邸内の一人一人にもれなく聞かせてまわるのがヒメのたのしみの様子であった。

「今日も死んだ人があるのよ」

それをきかせるときも、ニコニコとたのしそうであった。ついでに仏像の出来ぐあいを見て行くようなことはなかった。それには一目もくれなかった。そして長くはとどまらなかった。

オレはヒメになぶられているのではないかと疑っていた。さりげない風を見せているが、実はやっぱり元日にオレを殺すつもりであったに相違ないとオレは時々考えた。なぜなら、ヒメはオレの造ったバケモノを疫病よけに門前へすえさせたとき、

「耳男が無数の蛇を裂き殺して逆さに吊り、蛇の生き血をあびながら呪いをかけて刻んだバケモノだから、疫病よけのマジナイぐらいにはなりそうね。ほかに取得もなさそうですから、門の前へ飾ってごらん」

と云ったそうだ。オレはそれを人づてにきいて、思わずすくんでしまったものだ。オレが呪いをかけて刻んだことまで知りぬいていて、オレを生かしておくヒメが怖ろしいと思った。三人のタクミの作からオレの物を選んでおいて、疫病よけのマジナイにでも使うほかに取得もなさそうだとシャアシャアと言うヒメの本当の腹の底が怖ろしかった。オレにヒキデモノを与えた元日には、ヒメの言葉に長者まで蒼ざめてしまった。ヒメの本当の腹の底は、父の長者にも量《はか》りかねるのであろう。ヒメがそれを行う時まで、ヒメの心は全ての人に解きがたい謎《なぞ》であろう。いまはオレを殺すことが念頭になくとも、元日にはあったかも知れないし、また明日はあるかも知れない。ヒメがオレの何かに興味をもったということは、オレがヒメにいつ殺されてもフシギではないということであろう。

オレのミロクはどうやらヒメの無邪気な笑顔に近づいてきた。ツブラな目。尖端に珠玉をはらんだようなミズミズしいまるみをおびた鼻。だが、そのような顔のかたちは特に技術を要することではない。オレが精魂かたむけて立向わねばならぬものは、あどけない笑顔の秘密であった。一点の翳りもなく冴えた明るい無邪気な笑顔。そこには血を好む一筋のキザシも示されていない。魔神に通じるいかなる色も、いかなる匂いも示されていない。ただあどけない童女のものが笑顔の全てで、どこにも秘密のないものだった。それがヒメの笑顔の秘密であった。

「ヒメの顔は、形のほかに何かが匂っているのかも知れないな。黄金をしぼった露で産湯をつかったからヒメのからだは生れながらにかがやいて黄金の匂いがすると云われているが、俗の眼はむしろ鋭く秘密を射当てることがあるものだ。ヒメの顔をつつんでいる目に見えぬ匂いを、オレのノミが刻みださなければならないのだな」

オレはそんなことを考えた。

そして、このあどけない笑顔がいつオレを殺すかも知れない顔だと考えると、その怖れがオレの仕事の心棒になった。ふと手を休めて気がつくと、その怖れが、だきしめても足りないほどなつかしく心にしみる時があった。

ヒメがオレの小屋へ現れて、

「今日も人が死んだわ」

と云うとき、オレは何も言うことがなくて、概《おおむ》ねヒメの笑顔を見つめているばかりであった。

オレはヒメの本心を訊《き》いてみたいとは思わなかった。俗念は無益なことだ。ヒメに本心があるとすれば、あどけない笑顔が、そして匂いが全てなのだ。すくなくともタクミにとってはそれが全てである し、オレの現身《うつしみ》にとってもそれが全てであろう。三年昔、オレがヒメの顔に見とれたときから、それが全部であることがすでに定められたようなものだった。

どうやらホーソー神が通りすぎた。この村の五分の一が死んでいた。長者の邸には多数の人々が住んでいるのに、一人も病人がでなかったから、オレの造ったバケモノが一躍村人に信心された。

長者がまッさきに打ちこんだ。

「耳男があまたの蛇を生き裂きにして逆吊りにかけ生き血をあびながら呪いをこめて造ったバケモノだから、その怖ろしさにホーソー神も近づくことができないのだな」

ヒメの言葉をうけうりして吹聴した。

バケモノは山上の長者の邸の門前から運び降ろされて、山の下の池のフチの三ツ又のにわか造りのホコラの中に鎮座した。遠い村から拝みにくる人も少くなかった。そしてオレはたちまち名人ともてはやされたが、その上の大評判をとったのは夜長ヒメであった。オレの手になるバケモノが間に合って長者の一家を護《まも》ったのもヒメの力によるというのだ。尊い神がヒメの生き身に宿っておられる。尊い神の化身であるという評判がたちまち村々へひろがった。

山下のホコラへオレのバケモノを拝みにきた人々のうちには、山上の長者の邸の門前へきてぬかずいて拝んで帰る者もあったし、門前へお供え物を置いて行く者もあった。

ヒメはお供え物のカブや菜ッ葉をオレに示して、言った。

「これはお前がうけた物よ。おいしく煮てお食べ」

ヒメの顔はニコニコとかがやいていた。オレはヒメがからかいに来たと見て、ムッとした。そして答えた。

「天下名題《なだい》のホトケを造ったヒダのタクミはたくさん居りますが、お供え物をいただいた話はききませんや。生き神様のお供え物にきまっているから、おいしく煮ておあがり下さい」

ヒメの笑顔はオレの言葉にとりあわなかった。ヒメは言った。

「耳男よ。お前が造ったバケモノはほんとうにホーソー神を睨み返してくれたのよ。私は毎日楼《ろう》の上からそれを見ていたわ」

オレは呆れてヒメの笑顔を見つめた。しかし、ヒメの心はとうてい量りがたいものであった。

ヒメはさらに云った。

「耳男よ。お前が楼にあがって私と同じ物を見ていても、お前のバケモノがホーソー神を睨み返してくれるのを見ることができなかったでしょうよ。お前の小屋が燃えたときから、お前の目は見えなくなってしまったから。そして、お前がいまお造りのミロクには、お爺《じい》さんやお婆《ばあ》さんの頭痛をやわらげる力もないわ」

ヒメは冴え冴えとオレを見つめた。そして、ふりむいて立去った。オレの手にカブと菜ッ葉がのこっていた。

オレはヒメの魔法にかけられてトリコになってしまったように思った。怖ろしいヒメだと思った。たしかに人力を超えたヒメかも知れぬと思った。しかし、オレがいま造っているミロクには爺さん婆さんの頭痛をやわらげる力もないとは、どういうことだろう。

「あのバケモノには子供を泣かせる力もないが、ミロクには何かがある筈だ。すくなくともオレという人間のタマシイがそックり乗りうつッているだろう」

オレは確信をもってこう云えるように思ったが、オレの確信の根元からゆりうごかしてくずすものはヒメの笑顔であった。オレが見失ってしまったものが確かにどこかにあるようにも思われて、たよりなくて、ふと、たまらなく切ない思いを感じるようになってしまった。

★

ホーソー神が通りすぎて五十日もたたぬうちに、今度はちがった疫病が村をこえ里をこえて渡ってきた。夏がきて、暑い日ざかりがつづいていた。

また人々は日ざかりに雨戸をおろして神仏に祈ってくらした。しかし、ホーソー神の通るあいだ畑を耕していなかったから、今度も畑を耕さないと食べる物が尽きていた。そこで百姓はおのおのきながら野良へでてクワを振りあげ振りおろしたが、朝は元気で出たのが、日ざかりの畑でキリキリ舞いをしたあげく、しばらく畑を這《は》いまわってことぎれる者も少くなかった。

山の下の三ツ又のバケモノのホコラを拝みにきて、ホコラの前で死んでいた者もあった。

「尊いヒメの神よ。悪病を払いたまえ」

長者の門前へきて、こう祈る者もあった。

長者の邸も再び日ざかりに雨戸をとざして、人々は息をころして暮していた。ヒメだけが雨戸をあけ、時に楼上から山下の村を眺めて、死者を見るたびに邸内の全ての者にきかせて歩いた。

オレの小屋へきてヒメが云った。

「耳男よ。今日は私が何を見たと思う?」

ヒメの目がいつもにくらべて輝きが深いようでもあった。ヒメは云った。

「バケモノのホコラへ拝みにきて、ホコラの前でキリキリ舞いをして、ホコラにとりすがって死んだお婆さんを見たのよ」

オレは云ってやった。

「あのバケモノの奴も今度の疫病神は睨み返すことができませんでしたかい」

ヒメはそれにとりあわず、静かにこう命じた。

「耳男よ。裏の山から蛇をとっておいで。大きな袋にいっぱい」

こう命じたが、オレはヒメに命じられては否応《いやおう》もない。黙って意のままに動くことしかできないのだ。その蛇で何をするつもりだろうという疑いも、ヒメが立去ってからでないとオレの頭に浮かばなかった。

オレは裏の山にわけこんで、あまたの蛇をとった。去年の今ごろも、そのまた前の年の今ごろも、オレはこの山で蛇をとったが、となつかしんだが、そのときオレはふと気がついた。

去年の今ごろも、そのまた前の年の今ごろも、オレが蛇とりにこの山をうろついていたのは、ヒメの笑顔に押されてひるむ心をかきたてようと悪戦苦闘しながらであった。ヒメの笑顔に押されたときには、オレの造りかけのバケモノが腑抜けのように見えた。ノミの跡の全てがムダにしか見えなかった。そして腑抜けのバケモノを再びマトモに見直す勇気が湧くまでには、この山の蛇の生き血を飲みほしても足りないのではないかと怯《おび》えつづけていたものだった。

そのころに比べると、いまのオレはヒメの笑顔に押されるということがない。イヤ、押されてはいるかも知れぬが、押し返さねばならぬという不安な戦いはない。ヒメの笑顔が押してくるままの力を、オレのノミが素直に表すことができればよいという芸本来の三昧境《さんまいきょう》にひたっているだけのことだ。

いまのオレは素直な心に立っているから、いま造りかけのミロクにもわが身の拙《つたな》さを嘆く思いは絶えるまもないが、バケモノが腑抜けに見えたほど見るも無慚《むざん》な嘆きはなかった。バケモノを刻むノミの跡は、ヒメの笑顔に押されては、すべてがムダなものにしか見えなかったものであった。

いまのオレはともかく心に安らぎを得て、素直に芸と戦っているから、去年のオレも今年のオレも変りがないように思っていたが、大そう変っているらしいな、ということをふと考えた。そして今年のオレの方がすべてに於《お》いて立ちまさっていると思った。

オレは大きな袋にいっぱい蛇をつめて戻った。そのふくらみの大きさにヒメの目は無邪気にかがやいた。ヒメは云った。

「袋をもって、楼へ来て」

楼へ登った。ヒメは下を指して云った。

「三ツ又の池のほとりにバケモノのホコラがあるでしょう。ホコラにすがりついて死んでいる人の姿が見えるでしょう。お婆さんよ。あそこまで辿りついてちょッと拝んでいたと思うと、にわかに立ち上ってキリキリ舞いをはじめたのよ。それからヨタヨタ這いまわって、やっとホコラに手をかけたと思うと動かなくなってしまったわ」

ヒメの目はそこにそそがれて動かなかった。さらにヒメは下界の諸方に目を転じて飽かず眺めふけった。そして、呟いた。

「野良にでて働く人の姿が多いわ。ホーソーの時には野良にでている人の姿が見られなかったものでしたのに。バケモノのホコラへ拝みに来て死ぬ人もあるのに、野良の人々は無事なのね」

オレは小屋にこもって仕事にふけっているだけだから、邸内の人々とも殆《ほとん》ど交渉がなかったし、まして邸外とは交渉がなかった。だから村里を襲っている疫病の怖ろしい噂《うわさ》を時たま聞くことがあっても、オレにとっては別天地の出来事で、身にしみる思いに打たれたことはなかった。オレのバケモノが魔よけの神様にまつりあげられ、オレが名人ともてはやされていると聞いても、それすらも別天地の出来事であった。

オレははじめて高楼から村を眺めた。それは裏の山から村を見下す風景の距離をちぢめただけのものだが、バケモノのホコラにすがりついて死んでいる人の姿を見ると、それもわが身にかかわりのないソラゾラしい眺めながらも、人里の哀れさが目にしみもした。あんなバケモノが魔よけの役に立たないのは分りきっているのに、そのホコラにすがりついて死ぬ人があるとは罪な話だ。いッそ焼き払ってしまえばいいのに、とオレは思った。オレが罪を犯しているような味気ない思いにかられもした。

ヒメは下界の眺めにタンノーして、ふりむいた。そして、オレに命じた。

「袋の中の蛇を一匹ずつ生き裂きにして血をしぼってちょうだい。お前はその血をしぼって、どうしたの?」

「オレはチョコにうけて飲みましたよ」

「十匹も、二十匹も?」

「一度にそうは飲めませんが、飲みたくなけりゃそのへんへぶッかけるだけのことですよ」

「そして裂き殺した蛇を天井に吊るしたのね」

「そうですよ」

「お前がしたと同じことをしてちょうだい。生き血だけは私が飲みます。早くよ」

ヒメの命令には従う以外に手のないオレであった。オレは生き血をうけるチョコや、蛇を天井へ吊るすための道具を運びあげて、袋の蛇を一匹ずつ裂いて生き血をしぼり、順に天井へ吊るした。

オレはまさかと思っていたが、ヒメはたじろぐ色もなく、ニッコリと無邪気に笑って、生き血を一息にのみほした。それを見るまではさほどのこととは思わなかったが、その時からはあまりの怖ろしさに、蛇をさく馴《な》れた手までが狂いがちであった。

オレも三年の間、数の知れない蛇を裂いて生き血をのみ死体を天井に逆吊りにしたが、オレが自分ですることだから怖ろしいとも異様とも思わなかった。

ヒメは蛇の生き血をのみ、蛇体を高楼に逆吊りにして、何をするつもりなのだろう。目的の善悪がどうあろうとも、高楼にのぼり、ためらう色もなくニッコリと蛇の生き血を飲みほすヒメはあまり無邪気で、怖ろしかった。

ヒメは三匹目の生き血までは一息に飲みほした。四匹目からは屋根や床上へまきちらした。

オレが袋の中の蛇をみんな裂いて吊るし終ると、ヒメは言った。

「もう一ッぺん山へ行って袋にいっぱい蛇をとってきてよ。陽のあるうちは、何べんもよ。この天井にいっぱい吊るすまでは、今日も、明日も、明後日《あさって》も。早く」

もう一度だけ蛇とりに行ってくると、その日はもうたそがれてしまった。ヒメの笑顔には無念そうな翳がさした。吊るされた蛇と、吊るされていない空間とを、充ち足りたように、また無念げに、ヒメの笑顔はしばしば高楼の天井を見上げて動かなかった。

「明日は朝早くから出かけてよ。何べんもね。そして、ドッサリとってちょうだい」

ヒメは心残りげに、たそがれの村を見下した。そして、オレに言った。

「ほら。お婆さんの死体を片づけに、ホコラの前に人が集《あつま》っているわ。あんなに、たくさんの人が」

ヒメの笑顔はかがやきを増した。

「ホーソーの時は、いつもせいぜい二、三人の人がショボリ死体を運んでいたのに、今度は人々がまだ生き生きとしているのね。私の目に見える村の人々がみんなキリキリ舞いをして死んで欲しいわ。その次には私の目に見えない人たちも。畑の人も、野の人も、山の人も、森の人も、家の中の人も、みんな死んで欲しいわ」

オレは冷水をあびせかけられたように、すくんで動けなくなってしまった。ヒメの声はすきとおるように静かで無邪気であったから、尚のこと、この上もなく怖ろしいものに思われた。ヒメが蛇の生き血をのみ、蛇の死体を高楼に吊るしているのは、村の人々がみんな死ぬことを祈っているのだ。

オレは居たたまらずに一散に逃げたいと思いながら、オレの足はすくんでいたし、心もすくんでいた。オレはヒメが憎いとはついぞ思ったことがないが、このヒメが生きているのは怖ろしいということをその時はじめて考えた。

★

しらじら明けに、ちゃんと目がさめた。ヒメのいいつけが身にしみて、ちょうどその時間に目がさめるほどオレの心は縛られていた。

オレは心の重さにたえがたかったが、袋を負うて明けきらぬ山へわけこまずにもいられなかった。そして山へわけこむと、オレは蛇をとることに必死であった。少しも早く、少しでも多く、とあせっていた。ヒメの期待に添うてやりたい一念が一途《いちず》にオレをかりたててやまなかった。

大きな袋を負うて戻ると、ヒメは高楼に待っていた。それをみんな吊し終ると、ヒメの顔はかがやいて、

「まだとても早いわ。ようやく野良へ人々がでてきたばかり。今日は何べんも、何べんも、とってきてね。早く、できるだけ精をだしてね」

オレは黙ってカラの袋を握ると山へ急いだ。オレは今朝《けさ》からまだ一言もヒメに口をきかなかった。ヒメに向って物を言う力がなかったのだ。今に高楼の天井いっぱいに蛇の死体がぶらさがるに相違ないが、そのとき、どうなるのだろうと考えると、オレは苦

しくてたまらなかった。

ヒメがしていることはオレが仕事小屋でしていたことのマネゴトにすぎないようだが、オレは単純にそう思うわけにはいかなかった。オレがあんなことをしたのは小さな余儀ない必要によってであったが、ヒメがしていることは人間が思いつくことではなかった。たまたまオレの小屋を見たからそれに似せているだけで、オレの小屋を見ていなければ、他の何かに似せて同じような怖ろしいことをやっている筈なのだ。

しかも、かほどのことも、まだヒメにとっては序の口であろう。ヒメの生涯に、この先なにを思いつき、なにを行うか、それはとても人間どもの思量しうることではない。とてもオレの手に負えるヒメではないし、オレのノミもとうていヒメをつかむことはできないのだとオレはシミジミ思い知らずにいられなかった。

「なるほど。まさしくヒメの言われる通り、いま造っているミロクなんぞはただのチッポケな人間だな。ヒメはこの青空と同じぐらい大きいような気がするな」

あんまり怖ろしいものを見てしまったとオレは思った。こんな物を見ておいて、この先なにを支えに仕事をつづけて行けるだろうかとオレは嘆かずにいられなかった。

二度目の袋を背負って戻ると、ヒメの頬も目もかがやきに燃えてオレを迎えた。ヒメはオレにニッコリと笑いかけながら小さく叫んだ。

「すばらしい!」

ヒメは指して云った。

「ほら、あすこの野良に一人死んでいるでしょう。つい今しがたよ。クワを空高くかざしたと思うと取り落してキリキリ舞いをはじめたのよ。そしてあの人が動かなくなったと思うと、ほら、あすこの野良にも一人倒れているでしょう。あの人がキリキリ舞いをはじめたのよ。そして、今しがたまで這ってうごめいていたのに」

ヒメの目はそこにジッとそそがれていた。まだうごめきやしないかと期待しているのかも知れなかった。

オレはヒメの言葉をきいているうちに汗がジットリ浮んできた。怖れとも悲しみともつかない大きなものがこみあげて、オレはどうしてよいのか分らなくなってしまった。オレの胸にカタマリがつかえて、ただハアハアとあえいだ。

そのときヒメの冴えわたる声がオレによびかけた。

「耳男よ。ごらん！　あすこに、ほら！　キリキリ舞いをしはじめた人がいてよ。ほら、キリキリと舞っていてよ。お日さまがまぶしいように。お日さまに酔ったよう」

オレはランカンに駈けよって、ヒメの示す方を見た。長者の邸のすぐ下の畑に、一人の農夫が両手をひろげて、空の下を泳ぐようにユラユラとよろめいていた。カガシに足が生えて、左右にくの字をふみながらユラユラと小さな円を踏《ふ》み廻《まわ》っているようだ。バッタリ倒れて、這いはじめた。オレは目をとじて、退いた。顔も、胸も、背中も、汗でいっぱいだった。

「ヒメが村の人間をみな殺しにしてしまう」

オレはそれをハッキリ信じた。オレが高楼の天井いっぱいに蛇の死体を吊し終えた時、この村の最後の一人が息をひきとるに相違ない。

オレが天井を見上げると、風の吹き渡る高楼だから、何十本もの蛇の死体が調子をそろえてゆるやかにゆれ、隙間からキレイな青空が見えた。閉めきったオレの小屋では、こんなことは見かけることができなかったが、ぶらさがった蛇の死体までがこんなに美しいということは、なんということだろうとオレは思った。こんなことは人間世界のことではないとオレは思った。

オレが逆吊りにした蛇の死体をオレの手が斬り落すか、ここからオレが逃げ去るか、どっちか一ツを選ぶより仕方がないとオレは思った。オレはノミを握りしめた。そして、いずれを選ぶべきかに尚も迷った。そのとき、ヒメの声がきこえた。

「とうとう動かなくなったわ。なんて可愛いのでしょうね。お日さまが、うらやましい。日本中の野でも里でも町でも、こんな風に死ぬ人をみんな見ていらッしゃるのね」

それをきいているうちにオレの心が変った。このヒメを殺さなければ、チャチな人間世界はもたないのだとオレは思った。

ヒメは無心に野良を見つめていた。新しいキリキリ舞いを探しているのかも知れなかった。なんて可憐なヒメだろうとオレは思った。そして、心がきまると、オレはフシギにためらわなかった。むしろ強い力がオレを押すように思われた。

オレはヒメに歩み寄ると、オレの左手をヒメの左の肩にかけ、だきすくめて、右手のキリを胸にうちこんだ。オレの肩はハアハアと大きな波をうっていたが、ヒメは目をあけてニッコリ笑った。

「サヨナラの挨拶をして、それから殺して下さるものよ。私もサヨナラの挨拶をして、胸を突き刺していただいたのに」

ヒメのツブラな瞳《ひとみ》はオレに絶えず、笑みかけていた。

オレはヒメの言う通りだと思った。オレも挨拶がしたかったし、せめてお詫《わ》びの一言も叫んでからヒメを刺すつもりであったが、やっぱりのぼせて、何も言うことができないうちにヒメを刺してしまったのだ。今さら何を言えよう。オレの目に不覚の涙があふれた。

するとヒメはオレの手をとり、ニッコリとささやいた。

「好きなものは呪うか殺すか争うかしなければならないのよ。お前のミロクがダメなのもそのせいだし、お前のバケモノがすばらしいのもそのためなのよ。いつも天井に蛇を吊して、いま私を殺したように立派な仕事をして……」

ヒメの目が笑って、とじた。

オレはヒメを抱いたまま気を失って倒れてしまった。

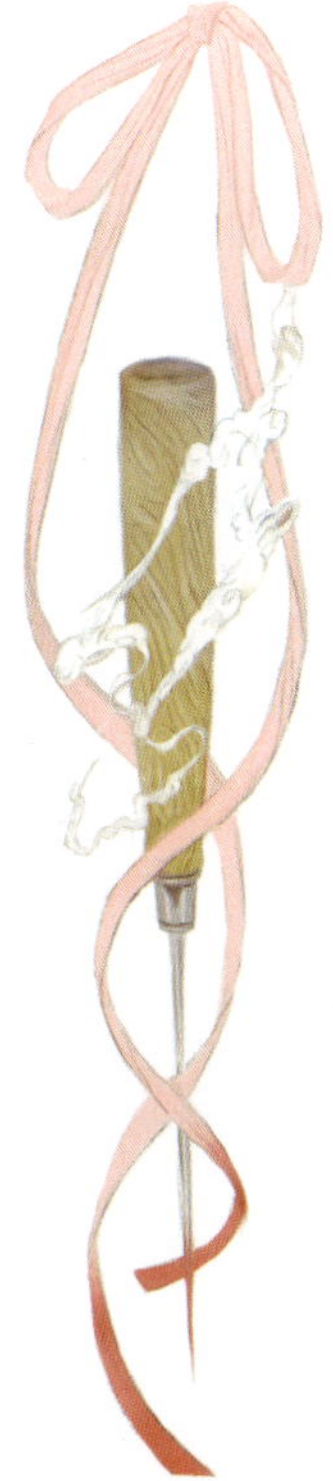

※本書には、現在の観点から見ると差別用語と取られかねない表現が含まれていますが、原文の歴史性を考慮してそのままとしました。

乙女の本棚シリーズ

『女生徒』
太宰治＋今井キラ

『押絵と旅する男』
江戸川乱歩＋しきみ

『外科室』
泉鏡花＋ホノジロトヲジ

『猫町』
萩原朔太郎＋しきみ

『瓶詰地獄』
夢野久作＋ホノジロトヲジ

『赤とんぼ』
新美南吉＋ねこ助

『葉桜と魔笛』
太宰治＋紗久楽さわ

『蜜柑』
芥川龍之介＋げみ

『月夜とめがね』
小川未明＋げみ

『檸檬』
梶井基次郎＋げみ

『夢十夜』
夏目漱石＋しきみ

『夜長姫と耳男』
坂口安吾＋夜汽車

『桜の森の満開の下』
坂口安吾＋しきみ

『魔術師』
谷崎潤一郎＋しきみ

『刺青』
谷崎潤一郎＋夜汽車

『死後の恋』
夢野久作＋ホノジロトヲジ

『人間椅子』
江戸川乱歩＋ホノジロトヲジ

詩集『抒情小曲集』より
室生犀星＋げみ

『山月記』
中島敦＋ねこ助

『春は馬車に乗って』
横光利一＋いとうあつき

『Kの昇天』
梶井基次郎＋しらこ

『秘密』
谷崎潤一郎＋マツオヒロミ

『魚服記』
太宰治＋ねこ助

定価：1980円（本体1800円+税10%）

夜長姫と耳男

2019年11月21日　第1版1刷発行
2024年 4 月22日　第1版3刷発行

著者　坂口 安吾
絵　夜汽車

編集・発行人　松本 大輔
デザイン　根本 綾子(Karon)
担当編集　切刀 匠

発行：立東舎
発売：株式会社リットーミュージック
〒101-0051 東京都千代田区神田神保町一丁目105番地

印刷・製本：株式会社広済堂ネクスト

【本書の内容に関するお問い合わせ先】
info@rittor-music.co.jp
本書の内容に関するご質問は、Eメールのみでお受けしております。
お送りいただくメールの件名に「夜長姫と耳男」と記載してお送りください。
ご質問の内容によりましては、しばらく時間をいただくことがございます。
なお、電話やFAX、郵便でのご質問、本書記載内容の範囲を超えるご質問につきましてはお答えできませんので、
あらかじめご了承ください。

【乱丁・落丁などのお問い合わせ】
service@rittor-music.co.jp

©2019 Yogisya　©2019 Rittor Music, Inc.
Printed in Japan　ISBN978-4-8456-3424-8
定価1,980円(1,800円+税10%)
落丁・乱丁本はお取り替えいたします。本書記事の無断転載・複製は固くお断りいたします。